Roseni Kurányi

SEXTA-FEIRA 13

São Paulo - 2005

EDITORA artpress

Contato com a Autora:
roseni_kuranyi@msn.com

Ilustrações:
Lucília Alencastro
www.lucilia.art.br
contato@lucilia.art.br

Projeto e composição gráfica:
Luis Guillermo Arroyave

Impressão e acabamento:
Artpress Indústria Gráfica e Editora Ltda.

Artpress Indústria Gráfica e Editora Ltda.
Rua Javaés, 681 - Bom Retiro
01130-010 - São Paulo - SP
Fone: (011) 3331-4522 - Fax: (011) 3331-5631

ISBN 85-7206-147-9

Dedico este livro:
A meu pai Geraldo Feliciano, pela alegria das noites que passou me contando as primeiras histórias.
A minha mãe Rosa, que me mostrou o que é o amor, transformando minha infância numa eterna harmonia.
A meus irmãos William, Rosemiriam e Rosana, pela vida inteira compartilhando comigo toda essa alegria.
A meu marido Kont, e a nossos filhos Rômulo, Ramon, Kenny e Kevin, que me inspiram e transformam meus sonhos em realidade.

Roseni Kurányi

Sexta-feira 13

O sol entrou de mansinho, cheio de vergonha, através das finas cortinas azuis. Primeiro um raiozinho, todo tímido, depois outro, mais outro e mais outro, até preencher o quarto com uma luz dourada.

Depois, um reflexo ensolarado encostou no nariz de Eduardo, que dormia profundamente e sentiu a coceirinha provocada pelo amigo reluzente.

Eduardo abriu os olhos, mas logo os fechou para evitar a claridade ofuscante. E voltou a abri-los lentamente, acostumando-se com a luz matutina.

Saltou da cama e olhou pela janela; a manhã estava brilhando lá fora. Abriu os braços, respirando a brisa fresca, contemplando as cores do mundo, e cumprimentou o dia.

Andou devagar até o banheiro, fez sua higiene pessoal e sentou-se à mesa para o café-da-manhã.

— Bom dia, filho! Menino que acorda feliz não envelhece nunca! — brincou sua mãe, servindo-lhe um pão quentinho lambuzado de manteiga e uma xícara fumegante de café com leite.

Mas o rosto de Eduardo, naquela manhã, trazia uma ruga de preocupação. E olhou disfarçando para o calendário na parede da cozinha.

Freitag, der 13.

von Roseni Kurányi

Aus dem Portugiesischen von Monika Möbius

Die Sonne lugte vorsichtig und ganz verschämt durch die dünnen blauen Vorhänge. Zuerst schickte sie einen kleinen, schüchternen Strahl und dann noch einen und noch einen weiteren, bis das ganze Zimmer von einem goldenen Licht erfüllt war.

Ein kleiner sonniger Fleck traf die Nase von Eduardo, der noch tief schlief und das Kitzeln des leuchtenden Scheins spürte.

Eduardo öffnete die Augen, schloss sie aber gleich darauf wieder, um der blendenden Helligkeit zu entgehen. Ganz langsam öffnete er erneut seine Augen und gewöhnte sich an das Morgenlicht.

Er sprang aus dem Bett und warf einen Blick aus dem Fenster. Draußen strahlte der Morgen. Während er seine Arme ausbreitete und die frische Brise einatmete, betrachtete er die Farben um sich herum und begrüßte den neuen Tag.

Mit langsamen Schritten ging er ins Badezimmer, wusch sich und setzte sich dann an den Frühstückstisch.

»Guten Morgen, mein Sohn! Ein Kind, das fröhlich aufwacht, wird nie alt!« scherzte seine Mutter und brachte ihm ein dick mit Butter bestrichenes warmes Toastbrot und eine dampfende Tasse Kakao.

Doch in Eduardos Gesicht zeigte sich an diesem Morgen eine Sorgenfalte. Verstohlen blickte er zu dem Kalender an der Küchenwand.

13
SEX

— Algum problema, filho?

Eduardo encheu a boca com uma mordida gigante na torrada, para não precisar responder. Será que adiantaria contar para a mãe? Ela era, sem dúvida, sua grande amiga, mas há certas coisas que só crianças podem entender, não adianta nem querer explicar para gente grande... Eduardo tinha jurado a si mesmo que não contaria nada a ninguém. E continuou silencioso, bebericando o café com leite.

É que estava com medo de ir à escola.

Estudava na quinta série de um colégio bem próximo da sua casa, tão perto que podia ouvir a sineta tocando quando se atrasava.

No dia anterior, no horário do recreio, enquanto devorava o sanduíche que sua mãe preparava e guardava na lancheira, ele ouviu a conversa dos meninos mais velhos. Eles sempre se agrupavam no mesmo lugar, debaixo da velha figueira, e falavam de tantas coisas interessantes e desconhecidas que encantavam Eduardo.

Como os meninos mais velhos sabiam tantas coisas! Eduardo estranhava. E como ainda não era aceito no invejado grupo, acostumou-se a lanchar por perto, atento aos assuntos curiosos. E o papo, daquela vez, foi sobre a Sexta-feira 13.

»Hast du was, mein Sohn?«

Bloß um nicht antworten zu müssen, nahm Eduardo einen riesigen Happen von seinem Toast. Würde es irgendetwas nützen, wenn er es seiner Mutter erzählte? Sie war zwar seine beste Freundin, aber bestimmte Dinge können eben nur Kinder verstehen und es ist völlig sinnlos, sie den Erwachsenen überhaupt auch nur erklären zu wollen... Er schwor sich, zu niemandem etwas zu sagen und nippte still an seinem Kakao.

Es war nämlich so, dass er Angst davor hatte, in die Schule zu gehen.

Er besuchte die fünfte Klasse einer Schule, die so nahe an seinem Haus lag, dass er sogar die Klingel hören konnte, wenn er mal zu spät dran war.

Am Vortag hatte er während der Pause, als er ein von seiner Mutter geschmiertes und in seiner Vesperdose verstautes Brötchen verspeiste, das Gespräch der älteren Kinder mitgehört. Sie versammelten sich immer am gleichen Ort unter dem alten Feigenbaum und sprachen über so viele interessante und unbekannte Dinge, die Eduardo entzückten.

Eduardo wunderte sich: Wie kam es bloß, dass die Kinder aus den anderen Klassen soviel wussten? Da er aber noch nicht in dieser von ihm so beneideten Clique anerkannt war, hatte er sich angewöhnt, sein Pausenbrot in ihrer Nähe zu essen und ihren sonderbaren Gesprächen zu lauschen. Diesmal ging es um Freitag, den Dreizehnten.

LUA

Cada um contou um fato diferente, cada um mais assustador que o outro, com histórias escabrosas de lobisomens, de homens que viravam lobos nas meias-noites de lua cheia e vagavam pelas ruas caçando crianças, de vampiros sedentos de sangue etc. etc.

Ah, e Eduardo ainda ouviu os meninos espertos falarem da lista de coisas que atraíam má sorte na certa, como passar debaixo de escadas ou deixar um gato preto cruzar seu caminho. Nas Sextas-feiras 13, então, o azar era horroroso! Qualquer coisa ruim aconteceria a quem cometesse uma dessas ações. Elas atraíam um azar horrível!...

Antes de conseguir dormir, ele havia trancado bem as portas dos armários, escondeu os brinquedos mais assustadores e confirmou, por diversas vezes, que não havia nada debaixo da cama. Sem contar a luz, que não teve coragem de apagar e permaneceu acesa, só sendo apagada pela sua mãe horas após ele ter adormecido.

E naquela manhã, Eduardo havia decidido: não sairia de casa!

Nem para ir à aula!

Nem para brincar no quintal!

Diria que ficou doente, com dor de barriga ou dor de dente...

Jeder von ihnen erzählte eine andere Begebenheit, eine erschreckender als die andere, raue Geschichten von Werwölfen, von Menschen, die sich bei Vollmond um Mitternacht in Wölfe verwandelten und auf der Jagd nach Kindern durch die Straßen zogen, von blutgierigen Vampiren und noch viele andere Geschichten mehr.

Ach ja, und er hatte auch noch gehört, wie die schlaueren Jungs über die vielen Dinge sprachen, die ganz sicher Unglück brachten, wie unter Leitern durchgehen oder wenn einem eine schwarze Katze über den Weg lief. An einem Freitag, den Dreizehnten, aber war so etwas umso schlimmer! Jedem, dem so etwas passierte, geschah ganz bestimmt etwas Schlimmes und ein fürchterliches Pech würde an ihm kleben!

Bevor er endlich einschlafen konnte, hatte er noch sorgfältig die Schranktüren verschlossen, alle Spielzeuge, die ihm einen Schreck einjagen könnten, versteckt und sich mehrmals davon überzeugt, dass sich nichts unter seinem Bett verbarg. Natürlich ließ er das Licht im Zimmer brennen, bis seine Mutter es Stunden, nachdem er eingeschlafen war, löschte.

An diesem Morgen hatte er einen Entschluss gefasst: Er würde nicht aus dem Haus gehen!

Noch nicht einmal in die Schule würde er gehen!

Und auf dem Hof würde er auch nicht spielen!

Er würde behaupten, er sei krank, er hätte Bauchweh oder Zahnschmerzen.

»Gehst du schon, Dudu?« fragten ihn alle und schauten sich gegenseitig an.

»Ja, Marco wartet auf mich, wir wollen noch ein paar Comics tauschen« antwortete er und bat den lieben Gott um Verzeihung für diese Lüge.

Gleich nachdem er das Hoftor hinter sich geschlossen hatte und auf dem Bürgersteig entlang ging, spürte er wieder etwas Seltsames. Aber diesmal war das Gefühl stärker. Er fühlte sich.... beobachtet!

Es war, als ob Millionen Augen ihn verfolgen würden. Die Augen der Strassen, der Bäume, der Mauern, der Menschen und der Vögel. Alles schaute ihn an, die ganze Welt beobachtete ihn.

Der dicke Herr Manuel mit seinem Schnurrbart und der weißen Schürze, der sonst immer mit grimmigem Gesicht am Tresen seiner Bäckerei lehnte, lächelte und winkte ihm, als er ihn sah.

Fräulein Marieta aus dem Krämerladen, die sonst den Ruf hatte, keine Kinder zu mögen, schickte ihm einen laut schmatzenden Kuss!

Und sogar Herr Firmino von der Metzgerei "Hackfleisch" hielt sein blutverschmiertes Messer in der Hand und wünschte ihm laut einen guten Tag! Ausgerechnet er, der sonst nie seinen Mund aufbekam...

»Bei mir zuhause und im ganzen Viertel sind sie alle verrückt geworden« dachte sich Eduardo besorgt.

Aber da gab es ein Problem: Die schreckliche Mathelehrerin hatte beschlossen, an diesem Morgen einen Test schreiben zu lassen!

Er biss nochmals in seinen Toast, trank schweigend den Kakao und tat angesichts der misstrauischen Blicke seiner Mutter so, als ob alles in Ordnung wäre. »Warum bloß wissen Mütter immer alles?« wunderte er sich.

Doch dann fiel ihm etwas Merkwürdiges auf: Seine kleine Schwester Dorothea, die sonst immer über alles nörgelte, von der zu kalten Milch bis zum verbrannten Toast, war völlig still und aß lächelnd! Sein Vater, der sich angewöhnt hatte, am Esstisch aufmerksam die Zeitung zu lesen, schaute ihn einfach nur fröhlich an. Und seine Mutter, die sonst immer mit ernstem Gesicht mit der Hausarbeit beschäftigt war und hin- und herlief, um allen ihr Essen zu bringen, trällerte jetzt quietschvergnügt vor sich hin!

»Irgendetwas stimmt hier ganz und gar nicht« dachte sich Eduardo. Eine Schwester, die nicht herumnörgelt, ein gut gelaunter Vater und eine singende Mutter! Das war einfach nicht normal... War dies irgendeine Form von Hexerei, ausgelöst durch Freitag, den Dreizehnten?

Er nahm einen letzten Bissen und fasste einen Entschluss: Bei dieser so plötzlich veränderten Familie würde er nicht bleiben! Er lief in sein Zimmer, zog seine Schuluniform an, schnappte sich seinen Ranzen und ging früher als sonst zur Schule.

Mas havia um problema: a abominável professora de Matemática tinha inventado de marcar uma prova justo para aquela manhã!

Eduardo mordeu a torrada e tomou o café, silencioso, fingindo que tudo estava bem, diante do olhar desconfiado da sua mãe.

Por que as mães sabem de tudo? Por que elas adivinham tudo? — perguntava-se Eduardo.

Foi então que percebeu algo esquisito. Dorotéia, a irmãzinha que vivia reclamando de tudo, desde o café frio até o leite gelado, estava quietinha, comendo sorridente! O pai, que costumava ler concentrado o jornal na mesa, apenas o olhava, alegremente. E a mãe, habitualmente séria e preocupada com os afazeres domésticos, movia-se de um lado para o outro, servindo a todos e cantarolando docemente!

Algo estava errado, concluiu Eduardo. A irmã sem resmungar, o pai com aquele bom humor estranho e a mãe cantando. Isso não era normal... Seria algum tipo de feitiço provocado pela Sexta-feira 13?...

Terminou de comer o último pedaço e decidiu. Não ficaria com aquela família repentinamente tão mudada. Correu para o quarto, vestiu o uniforme, apanhou a mochila e rumou para a escola mais cedo do que de costume.

— Já vai, Dudu? — perguntaram todos, se entreolhando.

— Vou. O Marquinhos está me esperando para trocarmos uns gibis — respondeu, pedindo desculpas a Deus pela mentira.

Assim que abriu o portão, caminhou pela calçada, sentindo de novo uma coisa esquisita e desagradável. Só que dessa vez, mais forte. Sentiu-se... observado!

Era como se milhões de olhos o seguissem. Olhos das ruas, das árvores, dos muros, das pessoas, das aves... todo mundo o olhava, todo mundo o vigiava.

Seu Manoel, gorducho, bigodudo e de avental branco, debruçado no balcão da Padaria Menino Jesus, não estava, como sempre, com expressão de zangado, mas sorriu e acenou ao vê-lo.

Dona Marieta, da lojinha de bugigangas, que tinha fama de não gostar de crianças, mandou-lhe um beijo estalado!

Até *Seu* Firmino, do Açougue Carne Moída, segurando o facão sujo de sangue, gritou-lhe bom-dia! Logo ele, que nunca abria a boca...

Minha casa e meu bairro enlouqueceram! — pensava Eduardo, preocupado.

LUA

Ou ele é que estava ficando doido de vez?

Enquanto andava, Eduardo não enxergou a escada armada na calçada, na frente da sapataria, onde *Seu* Lucas consertava a placa, e pensando na esquisitice de todos, passou por baixo dela!

— Meu Deus! — assustou-se ele, com o coração disparando - só faltava agora eu ver um...

Nem terminou de falar, e logo um preguiçoso gato preto, daqueles bem lustrosos e azarentos surgiu na sua frente!

Eduardo deu um pulo para trás, mas já era tarde, o felino tinha cruzado seu caminho e desaparecido atrás de uma galinha que ciscava por ali.

Pronto, o azar estava lançado! E logo hoje, Sexta-feira 13!...

Nunca soube como chegou tão rápido na escola. Quando se deu conta tinha chegado, arfante, com vontade de chorar, a mochila pesando nas costas, o suor escorrendo pelo corpo, as pernas trêmulas. O pior era que, enquanto corria, tinha a impressão de que vozes chamavam por ele:

— Edu!

— Dudu!

Oder sollte etwa er völlig durchgedreht sein?

Während er weiterlief, sah Eduardo nicht die auf dem Bürgersteig aufgestellte Leiter vor dem Schusterladen, wo Herr Lucas das Schild reparierte. In Gedanken war er nur mit dem merkwürdigen Verhalten der anderen Menschen beschäftigt und so lief er unter der Leiter durch!

»Mein Gott!« erschreckte er sich und sein Herz schlug bis zum Hals, »jetzt fehlt nur noch, dass ich sehe wie eine ...«

Er hatte diesen Gedanken noch gar nicht bis zum Ende gedacht, als vor ihm eine faule schwarze Katze auftauchte, so eine von diesen ganz rabenschwarzen und Unglück bringenden!

Eduardo machte einen Satz rückwärts, aber es war zu spät; die Katze kreuzte seinen Weg und verschwand hinter einem Huhn her, das gerade dort pickte.

So, das Pech hatte ihn erwischt! Und das ausgerechnet heute, an einem Freitag, den Dreizehnten!

Es ist ihm nie klar geworden, wie er so schnell seine Schule erreicht hatte. Bevor er sich versah, war er dort angekommen, außer Atem, den Tränen nahe, mit dem schweren Ranzen auf den Schultern und der Schweiß tropfte an ihm herunter. Seine Beine zitterten. Denn das Schlimme war, dass er, während er lief, immer das Gefühl gehabt hatte, dass sie hinter ihm herriefen:

»Edu!«

»Dudu!«

— Eduaaaaaardo!

E isso o apavorou ainda mais...

Deve ser coisa da minha cabeça, acreditou. Essa cabeça da gente inventa cada besteira!

Mas sentia medo. E não era um pouquinho, não, era um medão danado!

A escola estava deserta. Nem professores, nem zeladores, muito menos alunos. A cantina, onde comprava guloseimas, fechada. Sentou-se num banco e aguardou, encolhido, as horas passarem. Aliás, como demoraram para passar, essas horas preguiçosas!

Aos poucos, os amigos foram chegando. E Edu mal conseguia encarar ou falar com eles. Achariam que estava pirando, ficando "lelé da cuca", se contasse o que lhe ocorreu.

Entrou na sala e agradeceu aos céus por tudo ter terminado. Enfim a aula começaria e tudo voltaria ao normal.

A Professora Azaléia, carregando seus inúmeros livros, de óculos na ponta do nariz e coque na cabeça, sorriu gentilmente ao chegar.

»Eduaaaaaaardo!«

Und das machte ihm noch viel mehr Angst...

Eduardo dachte, dass irgendetwas mit seinem Kopf nicht in Ordnung war. So ein Hirn erfindet aber auch manchen Blödsinn!

Aber trotzdem verspürte er Angst. Nicht nur so ein kleines bisschen, sondern richtig großen Bammel!

Die Schule lag völlig verlassen da. Keine Lehrer, kein Hausmeister und schon gar keine Schüler. Der Speisesaal, wo er sonst immer Süßigkeiten kaufte, war geschlossen. Er setzte sich auf eine Bank und wartete zusammengekauert darauf, dass die Zeit verging. Und diese faulen Stunden gingen ja so langsam vorüber!

Nach und nach trafen seine Freunde ein. Eduardo fiel es unheimlich schwer, sie anzuschauen oder mit ihnen zu reden. Wenn er ihnen erzählte, was ihm passiert war, dann würden sie denken, dass er spinnt, dass er nicht mehr ganz richtig im Kopf wäre.

Er ging ins Klassenzimmer und dankte dem Himmel dafür, dass nun alles vorbei war. Nun würde die Schulstunde beginnen und alles würde wieder normal werden.

Beladen mit ihren vielen Büchern betrat Frau Azalee, seine Lehrerin, mit Brille auf der Nasenspitze und Haarknoten, das Klassenzimmer und lächelte freundlich.

— Bom-dia, classe.

— E virou-se para ele — Oi, Edu!

Eduardo teve certeza de que não se tratava da mesma Dona Azaléia que ele bem conhecia. Sorrindo? Cumprimentando-o? Ela, que era uma pedra de gelo em pessoa!

Quem será essa intrusa, se passando por Dona Azaléia? — questionou, encafifado.

A prova começou e Eduardo não conseguiu se concentrar em nada. Números. Fórmulas. Cálculos. Queria era correr logo dali, para longe de todo mundo!

Será que todos foram capturados por um disco-voador e substituídos por extraterrestres?

Será que ainda estava sonhando... ou melhor... tendo um pesadelo?

Ou era a Sexta-feira 13?

Não tinha mais dúvida. Todos se tinham transformado. Enfeitiçados. E, naquele dia maldito, todos poderiam virar lobisomens, lobos-meninos, lobas-professoras, vampiros sedentos de sangue!!!

»Guten Morgen, liebe Schüler« und, indem sie sich zu ihm umdrehte: »Hallo, Edu!«

Eduardo war sich sicher, dass dies nicht seine Lehrerin sein konnte. Frau Azalee und lächeln? Und ihn begrüßend? Sie, die sonst kühl wie ein Eisklotz war?

»Wer ist diese Person, die so tut, als wäre sie Frau Azalee?» fragte er sich verstört.

Dann schrieben sie den Test und Eduardo konnte sich auf nichts konzentrieren. Zahlen! Formeln! Berechnungen! Am liebsten wäre er weggelaufen, weit weg von allem!

Waren etwa alle von einer fliegenden Untertasse gefangen genommen und durch Außerirdische ersetzt worden?

Oder träumte er vielleicht noch? Oder hatte er gar einen Albtraum?

Oder lag es daran, dass Freitag, der Dreizehnte, war?

Er hatte keine Zweifel mehr: Alle hatten sie sich verändert, alle waren verhext. Und an diesem verflixten Tag könnten sie alle zu Werwölfen, zu Wolfs-Kindern und Wolfs-Lehrerinnen, zu blutgierigen Vampiren werden!!!

LUA

Ao soar da sineta para o intervalo, Eduardo foi o primeiro a disparar para fora. Esqueceu até da lancheira. Fome? Que nada! Queria era entender aqueles misteriosos comportamentos, isso sim!

Notou que os meninos se juntavam para cochichar. E quando ele se aproximava, disfarçavam. As meninas fuxicavam de ouvido em ouvido, com risinhos baixos, e as mestras, reunidas na sala dos professores, viravam as cabeças na sua direção, provavelmente falando dele!

Todos agiam como matilhas de lobos! Lobos-pessoas!

Marquinhos, o seu melhor amigo, permanecia misturado ao grupo dos cochichadores, apontando o dedo para ele, falando! Até o Marquinhos!

Edu voltou rápido para a sala, sentou-se em sua carteira e esperou, sentindo-se cada vez mais sozinho e abandonado, com vontade de chorar, sem deixar ninguém ver, porque achava feio garoto chorar! Só não sabia se era choro de solidão ou medo de ser devorado pelos lobos da escola, ou sugado por vampiros!

Então os meninos mais velhos tinham razão sobre a Sexta-feira 13, pensou.

Als es zur Pause klingelte, rannte Eduardo als Erster nach draußen und vergaß dabei sogar seine Vesperdose. Hunger? Ach was! Was er wirklich wollte, das war diese merkwürdigen Verhaltensweisen zu verstehen, genau das war's!

Er bemerkte, dass die anderen Jungs zusammenstanden und flüsterten. Und immer wenn er sich ihnen näherte, taten sie so, als ob nichts wäre. Die Mädchen kicherten und wisperten sich etwas zu, die Lehrerinnen standen im Lehrerzimmer beisammen und drehten ihre Köpfe in seine Richtung, wahrscheinlich um über ihn zu reden!

Alle benahmen sich wie ein Rudel Wölfe! Wolfs-Menschen!

Und Marco, sein bester Freund, stand mitten in der Gruppe der Flüsterer und zeigte, während er sprach, mit dem Finger auf ihn! Sogar Marco!

Eduardo ging schnell in sein Klassenzimmer zurück, setzte sich an sein Pult und wartete. Er fühlte sich immer mehr allein und verlassen und hätte am liebsten geweint. Aber er wollte nicht, dass jemand anders das sah, denn er fand es nicht in Ordnung, wenn ein Junge weint. Er wusste nur nicht, ob er aus lauter Einsamkeit weinen sollte oder aus Angst davor, von den Wölfen in der Schule gefressen oder von den Vampiren ausgesagt zu werden!

»Dann hatten also die älteren Jungs Recht mit Freitag, dem Dreizehnten« dachte er bei sich.

Wie sollte er bloß aus dieser Situation wieder herauskommen?

Plötzlich hörte er die Tür quietschen und ein Schatten tauchte über ihm auf. Eduardo wollte gerade losschreien, als er Gaspar sah, den Durchtriebensten von ihnen, der von allen gemieden wurde, weil er immer alle beleidigte und ihnen die unmöglichsten Spitznamen gab.

»Hei, Eduardo Pfannkuchengesicht« rief Gaspar »sollen wir spielen?«

Man sagt, es gäbe immer ein erstes Mal für alles im Leben und so war Eduardo zum ersten Mal in seinem Leben glücklich darüber, Gaspar zu sehen. Und das wollte einfach nicht in seinen Kopf! Gaspar, dieser hinterlistige Kerl, wollte mit ihm spielen?! Doch er hatte überhaupt keine Lust, das Klassenzimmer zu verlassen.

»Lieber Gott« schrie der schreckerfüllte Junge im Geiste, »ob ich wohl Fieber habe?«

»Nein, Gaspar, danke« lehnte er ab.

Die Biologiestunde bei Frau Leinen, die ohne Punkt und Komma redete, begann und er hatte bis zum Schluss Bauchgrimmen. Er fühlte kalten Schweiß auf seinem Rücken und war den Tränen nahe. Ganz viele Fragen schossen ihm durch den Kopf.

Als die Klingel den Schulschluss verkündete, atmete Eduardo erleichtert auf.

»Alle dürfen jetzt nach Hause« mit diesen Worten entließ Frau Leinen alle Kinder, die daraufhin begannen, ihre Sachen zusammenzuräumen und aufzustehen.

Die Lehrerin stemmte die Hände in die Hüften, stellte sich mit einem merkwürdigen Lächeln im Gesicht ganz dicht vor Eduardo hin und sagte:

»Ich habe gesagt, dass alle gehen dürfen. Alle außer dir, Edu.«

Der Junge hob den Blick und zitterte am ganzen Körper.

»...Ich...? Warum denn ich?!«

»Genau. Du bleibst!«

Eduardo schluckte trocken.

Frau Leinen lächelte weiterhin so sonderbar.

»Du gehst jetzt zum Direktor, Eduardo. Er will mit dir reden!«

Eduardo zog es vor, dazu nichts mehr zu sagen. Frau Leinen war groß, hatte dicke Arme und riesige weiße Zähne, die ihn zermalmen könnten! Jede falsche Bewegung könnte sie jetzt reizen und somit gefährlich sein. Es blieb ihm nichts anderes übrig als zu gehorchen.

Die Schule hatte sich wieder geleert. Nur der Wind pfiff durch die Baumkronen und die gute alte Sonne schien dort draußen.

— Todos podem ir ! — Dona Linéia liberou a todos, que começaram a guardar seus materiais e se levantar.

Ela chegou bem pertinho de Edu, as mãos na cintura, o rosto com um sorriso estranho, e disse:

— Eu disse que todos podem ir, menos você, Eduardo.

O menino levantou o olhar, tremendo dos pés à cabeça.

— Eu...? Por quê?!

— É. Você fica!

Edu engoliu em seco.

Dona Linéia continuava sorrindo misteriosa.

— Para a diretoria, Eduardo. O diretor quer falar com você!

Edu achou melhor não insistir. Dona Linéia era grande e com braços grossos, com dentes brancos e imensos que poderiam triturá-lo! Qualquer movimento que a irritasse poderia ser arriscado. De repente ela poderia virar lobisomem, ou melhor, lobimulher... e seria ainda pior! O negócio era obedecer.

A escola já esvaziara. Só o vento soprava a copa das árvores e o velho amigo sol fazia-se lembrar lá fora. Pela larga janela da diretoria, recuado sobre um banquinho, esperando pelo pior, Eduardo avistava o quintal, a figueira, a cantina, os portões trancados!

O Professor Nino, diretor da escola, saiu de uma sala e falou em tom sério:

— Eduardo, você sabe por que está aqui? Por que eu o chamei, especialmente hoje?

— Não, senhor.

Edu sentiu um pavor que o dominou por inteiro e sentiu uma vontade imensa de fugir, de ir ao banheiro, de pular pela janela ou de fazer qualquer outra coisa.

O diretor insistiu:

— Você nem desconfia por que eu o chamei aqui, especialmente hoje?

Eduardo lembrou-se mais uma vez da Sexta-feira 13, mas não teve coragem de dizer ao diretor, e ficou calado. O Professor Nino, então, sorriu e, disfarçando, disse:

—Tudo bem, eu só estou querendo saber como estão suas no-

Zusammengesunken auf einem Bänkchen und in Erwartung des Allerschlimmsten blickte Eduardo durch das große Fenster im Zimmer des Direktors und sah den Hof, den Feigenbaum, den Speisesaal und die verschlossene Schulpforte!

Herr Direktor Nino kam aus einem Klassenzimmer heraus und fragte mit ernstem Tonfall:

»Eduardo, weißt du, warum du hier bist? Warum ich dich gerade heute zu mir gerufen habe?«

»Nein, Herr Direktor.«

Eduardo fühlte das blanke Entsetzen, das von ihm Besitz ergriff und am liebsten wäre er geflohen; er hatte das dringende Gefühl, aufs Klo zu müssen, aus dem Fenster springen zu wollen oder sonst irgendetwas tun zu müssen.

Der Direktor fragte nochmals:

»Du hast wirklich keine Ahnung, warum ich dich ausgerechnet heute hierher zu mir gerufen habe?«

Eduardo fiel wieder einmal ein, dass heute Freitag, der Dreizehnte war. Aber er hatte nicht den Mut, dies dem Direktor zu sagen und so blieb er still. Der Direktor lächelte und sagte:

»Na gut, ich möchte von dir nur gern etwas über deine Noten wissen,

13
SEXTA
DIRETOR

tas, se tem se comportado de forma adequada e se tem chegado no horário certo.

Edu se contorcia, agoniado, desesperado procurando por todos os lados uma saída para sua aflição.

— Não tem nada para me dizer?

— Não... senhor. Está tudo bem — gaguejou, sem saber quanto tempo agüentaria aquela tortura.

— Tudo bem, pode ir.

Não esperou que o diretor repetisse. Levantou-se do banco e saiu correndo. No caminho para casa, não sabia o que era pior, se era encontrar a sua família tão diferente de um dia para o outro, ou ficar na escola também tão estranhamente mudada!

Feito uma rajada de vento, ele chegou em casa. As janelas e as portas estavam fechadas. Empurrou a porta e foi logo entrando, desajeitado. Lá dentro, tudo escuro, sem a luz do sol. Apertou o interruptor e, feito um passe de mágica, todos surgiram. Seus amigos da escola, da vizinhança, seus professores, seus pais e sua irmãzinha, todos batendo palmas e cantando em coro:

ob du dich ordentlich benommen hast und immer pünktlich warst.«

Eduardo wand sich gequält, verzweifelt, und suchte überall nach einem Ausweg aus seiner Not.

»Hast du mir denn nichts zu sagen?«

»Nein, Herr Direktor. Es ist alles in Ordnung« stammelte er und wusste nicht, wie lange er diese Qual noch aushalten konnte.

»In Ordnung, du kannst gehen.«

Er wartete gar nicht erst ab, dass der Direktor sich wiederholte. Er erhob sich von seiner Bank und rannte los. Auf dem Nachhauseweg wusste er nicht, was schlimmer war: Seine von einem Tag auf den anderen so veränderte Familie zu sehen oder in der ebenso veränderten Schule zu bleiben!

Wie der Blitz sauste er nach Hause, wo alle Fenster und Türen geschlossen waren. Er stieß ungeschickt die Tür auf. Drinnen war alles dunkel, kein Sonnenstrahl fiel ins Haus. Er drückte auf den Lichtschalter und wie von Zauberhand waren sie plötzlich alle da. Seine Schulfreunde, die Leute aus der Nachbarschaft, seine Lehrer, seine Eltern und die kleine Schwester, und alle klatschten sie in die Hände und sangen im Chor.

LUA

— Parabéns, Edu!

A mãe e o pai o abraçaram.

— Fizemos uma festa-surpresa para você, filho! Feliz aniversário!

Um suculento e super-cheiroso bolo de chocolate apareceu diante dele, com uma vela de dez anos, carregado por *Seu* Manoel da padaria.

— Eu fiz esse bolo especialmente para você!

Dona Marieta, da lojinha de bugigangas, ofereceu chapeuzinhos festivos, apitos e balões coloridos a todos.

— A decoração é por minha conta!

Seu Firmino, do açougue, trazia espetos com suculentas carnes.

— Olha o churrasco!

Marquinhos abraçou o amigo, entregando-lhe um presente. Logo foi a vez de Gaspar e dos outros colegas de turma. E, claro que não poderia faltar, dos meninos mais velhos.

— Nós te chamamos, te chamamos tanto, quando você ia para a escola, hoje de manhã... Queríamos que fizesse parte do nosso grupo, agora que completou dez anos e não é mais criança!

»Herzlichen Glückwunsch, Edu!«

Seine Mutter und sein Vater umarmten ihn.

»Wir haben eine Überraschungsparty für dich organisiert, Sohnemann! Alles Gute zum Geburtstag!«

Ein saftiger und unheimlich gut duftender Schokoladenkuchen mit zehn Kerzen darauf tauchte vor ihm auf, getragen von Herrn Manoel aus der Bäckerei.

»Ich habe diesen Kuchen ganz speziell für dich gebacken!«

Fräulein Marieta aus dem Krämerladen verteilte an alle lustige Hütchen, Pfeifen und bunte Luftballons.

»Die ganze Dekoration ist von mir!«

Und Herr Firmino von der Metzgerei brachte saftige Fleischspieße herein.

»Ich habe für dich gegrillt!«

Marco umarmte seinen Freund und überreichte ihm ein Geschenk. Dann kamen Gaspar und die anderen Klassenkameraden. Und natürlich fehlten auch die älteren Jungs nicht...

»Als du heute Morgen zur Schule gegangen bist, haben wir dich so oft gerufen. Wir möchten, dass du ab jetzt zu unserer Clique gehörst, nun, wo du zehn geworden und somit kein Kind mehr bist!«

10
LUA

A mãe de Edu estava ao seu lado, e antes de assoprar as dez velinhas, ele perguntou:

— Ô mãe, hoje não é Sexta-feira 13?

— Filho, em todo dia treze desse mês é o seu aniversário. Por acaso, hoje caiu numa sexta-feira. No ano que vem, será num sábado.

— Mas hoje não é dia de azar? Eu vi um gato preto e passei debaixo da escada!

Seu Lucas", da sapataria, foi logo dizendo:

— Garoto travesso! É verdade! Ele passou por baixo da minha escada e nem viu a faixa que eu estava colocando, desejando-lhe feliz aniversário!

— O seu gato preto anda sempre perseguindo as minhas galinhas, *Seu* Lucas! — resmungou Dona Marieta, aproveitando a ocasião.

— Ah, Edu — disse a mãe — eu ia esquecendo de dizer a você que o diretor da sua escola acabou de me telefonar dizendo que tinha chamado você só para dar tempo de os seus colegas chegarem aqui sem você perceber. Ele disse que você estava com uma cara muito assustada... e mandou para você um abraço e muitas felicidades.

— Mas então era isso! — comentou Edu — e eu imaginando que ia tomar uma punição...

Eduardos Mutter stand an seiner Seite und bevor er die zehn Kerzen ausblies, fragte er:

»Mama, ist heute nicht Freitag, der Dreizehnte?«

»Sohnemann, du hast immer am Dreizehnten dieses Monats Geburtstag. Heute ist zufälligerweise Freitag. Nächstes Jahr hast du an einem Samstag Geburtstag.«

»Aber ist heute denn nicht ein Unglückstag? Ich habe eine schwarze Katze gesehen und bin unter einer Leiter durchgelaufen!«

Dazu hatte Herr Lucas aus dem Schusterladen gleich etwas zu sagen:

»Was ist das nur für ein Träumer! Es stimmt: Er ist unter meiner Leiter durchgelaufen und hat noch nicht einmal das Spruchband gesehen, das ich gerade befestigte und mit dem ich ihm alles Gute zum Geburtstag wünschen wollte!«

Fräulein Marieta nutzte die Gelegenheit und beschwerte sich: »Ihre Katze jagt immer meine Hühner, Herr Lucas!«

»Siehst du, Edu?« antwortete ihm die Mutter, »es ist Quatsch, abergläubig zu sein. Freitag, der Dreizehnte, ist ein Tag wie jeder andere...«

* * *

Unsere Geschichte endet hier, mit Eduardo, der, umgeben von all' dem Glück dieser Welt, fröhlich seinen Geburtstag feiert!

Und was ist nun mit Freitag, dem Dreizehnten?

Nun gut, meine kleinen Freunde, Eduardos Mutter hat ganz Recht. Bei dieser Sage von Freitag, dem Dreizehnten, handelt es sich um einen sehr weit verbreiteten Aberglauben, um eine von vielen törichten Geschichten, die durch die Einbildungskraft der Menschen entstanden sind.. Und unser Freund Eduardo hat ausgerechnet an diesem Tag Geburtstag!

Freitag, der Dreizehnte, kann ein ganz gewöhnlicher Tag sein, aber auch ein Pechtag oder ein sehr besonderer Tag. Das hängt davon ab, was wir glauben. Wenn wir sehr fest an etwas Törichtes glauben, dann wird es in uns selbst wahr und beeinflusst uns.

Aber wir sollten uns nicht durch den Aberglauben beeinflussen lassen.

Das ist es, was Eduardo heute gelernt hat. Sich die mit Schokolade verschmierten Lippen leckend, stellte er dann fest:

»Stimmt, Mama, es sieht heute eher danach aus, als ob dies ein sehr, sehr glücklicher Tag für mich ist. Schau mal, so viele Geschenke, so ein tolles Fest und lauter liebe Menschen um mich herum!...«

— Tá vendo, Edu? — disse a mãe — Como é bobagem acreditar em superstição? Sexta-feira 13 é um dia como outro qualquer...

* * *

Nossa história termina aqui, com Edu festejando alegre, cercado de toda a sorte e felicidade do mundo!

E quanto à Sexta-feira 13?

Bem, amiguinhos, a mãe de Eduardo tem toda a razão, essa lenda é uma crendice popular, mais uma entre as histórias bobas criadas pela imaginação dos homens. E nosso amiguinho Edu fez aniversário bem nesse dia!

Pode ser um dia comum, um dia de azar ou um dia de sorte muito especial. Depende daquilo em que acreditamos. Quando a gente acredita muito em uma coisa tola, ela passa por ser verdade dentro da gente e nos influencia.

O que não devemos é nos deixar influenciar por superstições.

Foi o que aprendeu o Edu, que lambendo os lábios lambuzados de chocolate, concluiu:

— É, mãe, hoje está parecendo mais que é um dia de sorte, de muita sorte para mim. Veja quantos presentes, que festa linda e quantas pessoas queridas ao meu redor!...

FIM

Vamos colorir

Você não quer pintar o Edu embaixo da escada, seus amigos, o cachorrinho, o gato e os balões de sua festa de aniversário?

Use sua imaginação e suas cores!

Mais para colorir

LUA

LUA

13
SEXTA
DIRETOR
LUA

LUA

FIM